AF363880

1869. 1er Mars.

CATALOGUE

DE

TABLEAUX

ANCIENS ET MODERNES

DONT LA VENTE AURA LIEU

HOTEL DROUOT

SALLE N° 7

Le Lundi 1er Mars 1869

A DEUX HEURES

Par le ministère de Me **ESCRIBE**, Commissaire-Priseur,
rue Saint-Honoré, 217,

Assisté de M. **HORSIN DÉON**, Peintre, rue des Moulins, 15,

CHEZ LESQUELS SE DÉLIVRE LE PRÉSENT CATALOGUE

EXPOSITION PUBLIQUE

LE DIMANCHE 28 FÉVRIER 1869

PARIS

RENOU ET MAULDE

IMPRIMEURS DE LA COMPAGNIE DES COMMISSAIRES-PRISEURS

Rue de Rivoli, 144

1869

CATALOGUE

DE

TABLEAUX

ANCIENS ET MODERNES

DONT LA VENTE AURA LIEU

HOTEL DROUOT

SALLE N° 7

Le Lundi 1ᵉʳ Mars 1869

A DEUX HEURES

Par le ministère de Mᵉ **ESCRIBE**, Commissaire-Priseur,
rue Saint-Honoré, 217,

Assisté de M. **HORSIN DÉON**, Peintre, rue des Moulins, 15,

CHEZ LESQUELS SE DÉLIVRE LE PRÉSENT CATALOGUE

EXPOSITION PUBLIQUE

LE DIMANCHE 28 FÉVRIER 1869

PARIS

RENOU ET MAULDE

IMPRIMEURS DE LA COMPAGNIE DES COMMISSAIRES-PRISEURS

Rue de Rivoli, 144

1869

CONDITIONS DE LA VENTE

Elle sera faite au comptant.

Les Adjudicataires paieront CINQ POUR CENT, en sus des enchères, applicables aux frais de vente.

DÉSIGNATION

DES

TABLEAUX

ÉCOLES ALLEMANDE, FLAMANDE ET HOLLANDAISE

ARTOIS (Van)

1 — Paysage et figures.

BREUGHEL (Pierre)

2 — La mort de la Vierge.

Soutenue par une femme et à demi couchée dans un grand lit à baldaquin, entourée d'amis de tous âges agenouillés et en pleurs autour d'elle, la Vierge reçoit des mains d'un évêque un cierge allumé. Rien ne manque à cette dernière cérémonie: le crucifix est déposé au pied du lit sur un oreiller; le bénitier est sur un coffre; le capucin, porteur de la sonnette, est agenouillé; c'est en un mot un fidèle épisode des mœurs et coutumes du milieu du XVIᵉ siècle.

Cette curieuse peinture, exécutée en grisaille, est gravée.

CABEL (Van der)

3 — Marine, entrée d'un port.

CRAESBEKE

4 — Intérieur de cabaret.

HALS (Franc)

5 — Portrait de femme.

Ses mains sont jointes, elle semble prier.

HEEM (J. de). Signé

6 — Fruits.

Des raisins, des figues, des cerises, des prunes, une pêche, et autres fruits sont suspendus à un clou et liés par un ruban de de soie bleu.

HELMONT (Van)

7 — Intérieur de cabaret.

Sur le premier plan, des gens jouent aux dés.

LEERMANS (P.)

8 — La Missive.

Dans l'intérieur d'une chambre, debout devant une table couverte d'un tapis de Turquie, et sur laquelle sont déposés de plumes, un encrier et autres accessoires, une élégante dame remet une lettre à un jeune homme vêtu de noir.

Un fini précieux recommande ce tableau d'une couleur brillante.

LELY (Van der Faes, dit le Chevalier)

9 — Buckingam et son Précepteur.

MILÉ (Francisque)

10 — Paysage historique.

RAVESTEIN

11 — Portrait d'homme avec fraise.

RUBENS (École de)

12 — Un Silène et une Bacchante.

13 — Bethsabée au bain.

TENIERS (David)

14 — La distribution des aumônes.

Devant sa demeure hospitalière, un gentilhomme, ainsi que les siens, distribuent des aumônes aux pauvres accourus en grand nombre autour d'une table dressée devant lui. Du pain, des vêtements sont intelligemment répartis entre tous. Plusieurs barriques de vin doivent aussi être distribuées; un jeune homme en donne les premières tasses à une pauvre mère de deux enfants.

Dans le fond, un homme accorde l'hospitalité à des pélerins, et un seigneur vient en aide aux détenus et aux malades.

TENIERS (David)

15 — La mort de Léandre (pastiche de Rubens.)

ÉCOLE ITALIENNE

GUIDE (Genre de)

16 — Tête de sainte Cécile.

PERNIHARO (Paul)

17 — L'Enfant Jésus entouré des attributs de la Passion.

ÉCOLE FRANÇAISE

ALBRIER

18 — Tête de jeune fille.

CALAME (Signé)

19 — Paysage (étude de sa première manière).

CHALLE

20 — L'hiver (gravé).

> Par un temps de neige, les mains dans un manchon et bien encapuchonnée, une jeune femme accourt en hâte rejoindre un groupe de joyeux patineurs.

CHARPENTIER

21 — Jeune fille offrant des cerises à un enfant.

CHOPIN

22 — Tête d'Arabe.

DECAMPS (Signé D. C.)

23 — Colporteur musulman.

DECAMPS (Genre de)

24 — Cavalier arabe.

DREUX (Alfred de)

25 — Cheval emporté.

26 — La dernière chasse du comte de Laigle.

DEMARNE

27 — Jeune femme se reposant sous un arbre.

DESPORTES

28 — Lièvre, perdrix et accessoires de chasse.

DUMAIN (Signé)

29 — Diane et Actéon.

DUPRÉ (Victor)

30 — Paysage avec rivière.

31 — Paysage avec ferme.

GREUZE (J.-B.)

32 — Tête de petit garçon.

33 — Le petit boudeur.

34 — Portrait de jeune fille.

35 — Étude de vieillard.

GREUZE (Attribué à)

36 — L'Abandon.

KRAUS (G.-M.)

37 — Une Cuisinière.

LE COEUR (Signé)

38 — Le Suisse et le Sonneur pris en flagrant délit.

MAUZAISSE (J.-B.)

39 — Le grand Condé lançant son bâton de maréchal au
    milieu des ennemis à la prise de Fribourg.

OUDRY

40 — Chasse au Cerf. (Esquisse.)

POUSSIN (Attribué à)

41 — Bacchanale.

42 — Marche de Bacchus et de Silène.

PRUD'HON

43 — Portrait de Dame, sa petite fille est près d'elle.
    (Signé et daté 1864.)

44 — Vénus et l'Amour. (Signé.)

45 — Les petits Chiens. (Dessin, crayon noir.)

PRUD'HON (Attribué à)

46 — Portrait de Femme.

ROBERT-LEFEVRE (Attribué à)

47 — Héloïse.

SAUVAGEOT (Théophile). Signé

48 — Une Place de ville avec Marché et Cavaliers.

SCHEFFER (Ary). Signé

49 — Werther.

50 — Une soirée chez Mme du Kelin.

TARAVAL

51 — Un Pâtre.

TROYON (Signé)

52 — Sous-bois. Vue prise dans la forêt de Fontainebleau.

VOILLEMOT (Signé)

53 — Daphnis et Chloé.

WATTEAU

54 — Épisode de Chasse.

> Quatre chasseurs qui se reposaient sont surpris par l'apparition d'un lièvre. Ils se saisissent en hâte de leurs fusils et l'ajustent.

BOUCHER, VAN LOO, LANCRET
ET LEUR ÉCOLE

55 — Pastorale.

56 — Divertissement champêtre.

57 — Les Comédiens italiens dans un parc.

58 — Le Jardinage.

59 — La fontaine d'Amour.

60 — L'Automne.

61 — La Vendange.

62 — Le Panier mystérieux.

63 — La Balançoire.

64 — L'Automne.

65 — Sainte Geneviève.

66 — L'Architecture.

67 — Tête d'homme à barbe.

INCONNUS

68 — Jean-Jacques et sa Servante.

69 — Tête de jeune Femme.

70 — La Vertu irrésolue.

71 — Les derniers moments d'un Mourant.

72 — Portrait de jeune Fille Louis XV.

73 — Portrait de la grande Demoiselle de Montpensier.

74 — Le Jugement de Pâris. (Gouache). Éventail.

PORTRAITS HISTORIQUES

75 — Baron.

76 — Le marquis de Larochejaquelein.

77 — Condorcet.

78 — La Harpe.

79 — Marie-Antoinette.

80 — Catherine de Médicis.

81 — Le prince de Beham.

82 — Henri II.

83 — Anne d'Autriche.

84 — Un Huguenot.

85 — Louis XV.

86 — Marie Leckzinska.

Renou et Maulde, imprimeurs de la Compagnie des Commissaires-Priseurs, rue de Rivoli, 144.   21590

www.ingramcontent.com/pod-product-compliance
Lightning Source LLC
LaVergne TN
LVHW011457170726
843501LV00009B/3465